本书为玉溪市文艺精品创作扶持项目

山居笔记

柏叶 著

山东画报出版社

济南

图书在版编目（CIP）数据

山居笔记／柏叶著. — 济南：山东画报出版社，
2023. 12
ISBN 978-7-5474-3092-7

Ⅰ.①山… Ⅱ.①柏… Ⅲ.①诗集-中国-当代
Ⅳ.①I227

中国国家版本馆 CIP 数据核字（2023）第 223497 号

SHANJU BIJI

山居笔记

柏叶 著

责任编辑 赵祥斌 孙程程
装帧设计 书香力扬

主管单位 山东出版传媒股份有限公司
出版发行 山东画报出版社
　　　　社　　址　济南市市中区舜耕路 517 号　邮编 250003
　　　　电　　话　总编室（0531）82098472
　　　　　　　　　市场部（0531）82098479
　　　　网　　址　http://www.hbcbs.com.cn
　　　　电子信箱　hbcb@sdpress.com.cn
印　　刷 四川科德彩色数码科技有限公司
规　　格 145 毫米×210 毫米　32 开
　　　　　　7.25 印张　109 千字
版　　次 2024 年 5 月第 1 版
印　　次 2024 年 5 月第 1 次印刷
书　　号 ISBN 978-7-5474-3092-7
定　　价 52.00 元

诗的笔记 笔记的诗

——序诗集《山居笔记》

张永权

柏叶是出生于云南峨山彝族自治县的彝族诗人。彝族被称为火的民族，也是诗的民族。从古至今，这个民族与诗结缘，单史诗就有《阿普笃慕》《梅葛》《查姆》，这个民族为诗歌中国做出了自己的贡献。而且出现了影响诗坛的一大批诗人。特别是新中国成立后，先后出现的彝族诗人，如吴琪拉达、吉狄马加、倮伍拉且、李骞、米切若张、禄琴、柏叶、周祖平、俄尼·牧莎斯加、发星、李阳喜、王红彬、师立新、邵春生、李天永、阿卓务林等，更是为中国当代新诗的发展繁荣，增加了彝族诗人的文化智慧。

笔者曾经在新中国成立后云南省创办的第一家文学刊物《边疆文学》长期从事编辑工作，柏叶是我们刊物的重点作者，我对柏叶的文学创作多有了解。记得云南省的一次文学艺术创作奖，我俩同台领奖。我当时感慨万千，对从峨山彝族山区的贫困农家走出来的这位诗人、作家，充满了敬佩之情。柏叶在崎岖、艰难的文学之路上攀登前行，持之以恒，无论遇到多大困难，都没有退缩、灰心。柏叶凭着自己的智慧和勤奋，终于在拥挤的诗坛，站稳了脚跟，作品发表在省内外许多重要文学报刊上，单诗集就出版了七部（含本书），还出版了中、长篇小说四部。他三次荣获云南省文学艺术创作奖，两次荣获"边疆文学奖"，真是创作成果丰硕，是有影响的当代彝族诗人。

柏叶的这部《山居笔记》，是他的第七部诗集了。何谓笔记？在中国文学史上，笔记是一种类似小说与随笔之间的文体，是用精妙的文笔，记写人物轶事趣闻，如《世说新语》《笑林广记》《阅微草堂笔记》等。也有人把《聊斋志异》归于笔记小说。笔记体小说风格平易近人，拥有众多读者。柏叶在他的这部诗集中，为何借用笔记体之名？我读后方才明白，就是这位出生于彝族山区的诗人，想用诗的形式和古人的"笔记"风格，真实而有趣地反映出他故土的人和事，从而把诗和笔记的文体特点相融一体。这对诗而言，扩大了诗歌文体的内涵，我认为也是一种创新。柏叶的这本诗集中的不少作品背后都有故事，如《父亲的山地》记写山村农民与土地的故事，《最后的猎人》书写曾经的猎人成为巡山员的故事，《姥爷的布鞋》中的一双布鞋承载着一名抗美援朝老兵的故事等，都让我们看到诗人借用笔记体手法写出了山寨人物的生动与鲜活。总的看来，这部作品要达到诗人的预想，还有距离，却也能给人一种新鲜感。笔者便用"诗的笔记，笔记的诗"概括该书的特点，不知当否？

诗人的《山居笔记》分为三个板块："我的亲人""我的山水""我的家园"。从这三个板块作品中，我们读到了诗人美好家园的泥土气息、生态环境中的彝山彝水、血肉相连的亲人感情。把书中内容概括起来看，《山居笔记》就是一部一个彝族诗人充满乡愁情怀的真诚抒写，是柏叶抒发对生他、养他，使他成为一名彝族诗人的故土的赤诚情怀。美不美故乡水，亲不亲故乡人。柏叶是一位有根的诗人，他生命的根深扎在故乡的山地里。他创作的根更是深深扎在那里的山山水水、父老乡亲之中。故乡的一切，都和他的生命相连，也是柏叶创作的源泉。他在《桃李谷一日》中，热情洋溢地歌唱那里的生态环境，有画眉鸟在他们前后鸣唱"它们的歌唱纯净得如同春天的露珠"，还有蓝天翱翔的苍鹰、山路上的蚂蚁、飞来飞去的葫芦蜂、田里弓腰摸鱼的女人等。这些意象既原始，又生态，都让诗人刻骨铭心，反复咏叹。在柏叶的作品中，山寨中的松鼠、燕子、蜻蜓、蝴蝶、白鹇鸟、猎狗、青蛙、蝉鸣、野兔、白鹭、羊群、牛马、猫头鹰、啄木鸟、冬樱花、梨花、柿子以及各种地名等，都是诗人笔记的题材，都是乡愁情怀中鲜明的意象。我们可以从这些生态意象中，感受生态环境带来的美好诗情，感悟人生哲理的启迪，追求人与自然和谐相处的美好境界，认识到生态环境遭到破坏后将带来的灾难。同时，诗人也通过记录彝族村寨山水的变化，反映出在脱贫攻坚和乡村振兴中的时代新气象。可以说《山居笔记》不仅是一部抒写乡愁情怀的诗集，也是一部以生态为主题的生态之诗集，乡村振兴的时代之诗集。在《远处的伐木声》中，诗人从那尖锐的声音里，感受到树木倒下时"大山的颤抖"，"声音带来的疼痛/使我欲哭无泪"，鸟群找不到属于他们的森林，因为"伐木声撕裂了天空/还在撕裂着比天空更高远的/千万个森林梦"。诗的警示，必须引起我们以及后人的格外重视。而在《宝珠村》等作品中，过去这个有美好村名的地方，因为贫困，不过是空有其名；在脱贫攻坚战中，他们搬迁到一个不知名的美丽地方，宝珠村就在现实中出现了。像这样写彝族山区的作品中，山路"消失"后的喜事，高速公路以及高铁的开通，作为新的乡愁意象，都被诗人巧妙而自然地呈现在读者面前，让我们看到柏叶不仅是一位有根的诗人，也是一位有责任感的人民诗人。

作者深知，无论是作为一本有乡愁情怀的诗集，还是笔记体的生态之诗集、时代之诗集，写人抒怀，寄情天下，尤为重要。《山居笔记》三大板块的作品，以人为中心，写人的故事，抒发人文情怀，不仅数量可观，而且质量好。书中写人的诗作，主要有以下几个方面的内容，一是抒写作者亲人故事和情怀的诗作，多为力作，引人共鸣。写亲人的《父亲的山地》《姥爷的布鞋》《扫大街的堂妹》《香玉妹子》《拾菌子的小妹》《亲人篇》等。这些作品以故事写人，或写人物的经历命运，有让人感动的细节，是情动于中而发于言的好诗。《父亲的山地》记写父亲病后，在他居住了三十年的茅屋旁的面临荒废的山地上，他种上了一片野山药，而父亲也因此而病愈。诗中茅屋、山地、野山药、父亲睡过的还有汗渍味的床，山地上飞来飞去的鸟儿，成为故事的主要意象，写出了一位彝族农民与山地的生生不息的故事，抒发了情深意长的父子之爱，塑造了一位勤劳善良的彝族农民生动形象。唯有与农民父亲有着血肉相连的诗人，才能写出这样感人的亲情诗。《姥爷的布鞋》也是一首感人的故事诗。姥爷去世了，姥姥翻出一双布鞋"一丝不苟地穿在姥爷的脚上"，一个细节却引出有关抗美援朝、中朝友谊、无名英雄的感人故事。朝鲜阿玛尼用一针一线做出的鞋，送给姥爷班上的十二位战友，却有七个战友穿着这布鞋牺牲在"异国的土地上"。姥姥说，姥爷活着的时候舍不得穿，现在要穿上这双布鞋和他的七个战友相聚了。他十八岁参加游击队，二十二岁入党，当了二十五年生产队长，山乡"每一丘田，每一块地/都浸透着他的汗水"。这位老战士直到临终前才提起他的战友，并"穿着那双视若珍宝的布鞋/和他的战友们一起战斗去了"。读着诗人不动声色的叙写,我却禁不住热泪盈眶,也显示了这首"诗的笔记"的艺术魅力。二是诗集中还大量书写了山区普通人平凡而又动人的事,如《最后的猎人》中那个"一生都没感受过女人激情",猎枪和他相依为伴六十年的曲木迭嘎,却因猎杀两只"像情人一样依偎在一起"的野兔,而感到灵魂已死,离开了躯体。从此他放下了猎枪,成了山寨的义务巡山员,一年四季,风雨无阻,"他在巡视继续与飞禽走兽为敌的强盗/还有继续与大森林作对的刀斧手"。他也和当年视为仇敌的野兽成了朋友,亲密无间,人兽和谐。作者笔下的曲木迭嘎的形象,很有现实意义,他的人生道路,也折射出中国山乡几十年的生态巨变,是一个值得记取的诗歌形象。平凡人的平凡事其实呈现出了平凡中的伟大。三是作者还在不少诗中书写了山乡弱势人物的生命亮色,他们中有篾匠、石匠、牧羊人、拾废品的老人、卖土豆的女人等,看似卑微,却有许多让人双目一亮的本色。四是诗集中书写了拥有美好爱情的彝族青年绚丽浪漫的青春形象。如《玛尼维拉》《月亮升起来》等作品中展现了以真情追求爱的坚定和美好。在《玛尼维拉》中,主人公心中那个像马缨花一样美丽的玛尼维拉,和他分别后,就一直没有回来,诗人想象着、呼唤着"我"亲爱的玛尼维拉,披着彩云回到松涛滚滚的故乡,可谓字字情,句句爱,诗语力透纸背。还有《月亮升起来》进一步抒写了爱的等待、爱的呼唤和爱的执着与坚定。从月亮升起来,等到"直到阳光普照的时刻",等待美丽,等待花好月圆,那青春靓丽的形象,真是可爱、可信,这样的爱情与人生,岂不让人感动?

柏叶的《山居笔记》以山居的丰富内容和诗意的笔记叙述,显示了诗人不拘一格,开拓新路的勇气。但是,作为诗歌,又必须有自身的特点，那就是千变万化中，必须是姓诗的，创作出的作品必须有诗味，有诗的意境美、语言的陌生美。柏叶的这部诗集，不少作品有故事，他吸纳了笔记和小说的写法。但对故事的处理，他又注重构思的精巧，对传统诗歌艺术常用的比喻、隐喻、象征、通感、炼字炼意等艺术手法的重视，也是这本诗集的艺术特点。以诗语为例，诗人善于通过隐喻、想象和通感，以及对艺术陌生化语言的运用，来增强作品的诗意。在《鸟儿与落叶》中，诗人想象鸟儿的啼唱和鸟羽的飘来飘去，是"在落叶之间/飘成风，飘成梦/飘成比落叶更轻松的阳光……/用啼唱编织着/下一个春天的风景"。这里有想象，有比喻，不用直比，而用的是隐喻，就更有诗味了。当然柏叶的诗也不是完美无缺的，有的作品为追求故事笔记的记叙，显得冗长，过于直白，语言不够精练，减弱了诗的意味。

路漫漫其修远兮，吾将上下而求索，在诗路上创新求索，只要坚持下去，再远的路，都会有新的收获。人在高原放歌，诗在高峰怒放。我们期待着柏叶更多优秀作品的出现。

柏叶告诉我，这本诗集的出版，得到了玉溪市文联和峨山县文联的关心和支持。我认为，这是非常有必要的。

（作者系原云南省作家协会副主席、《边疆文学》主编）

目录

CONTENTS

我的亲人

我的山水

我的家园

我的亲人

CHAPTER 01

父亲的山地

1

父亲突然生病后
我在他面临荒废的山地里
用一天时间
种植了一片野山药
然后，就像那个"守株待兔"的人
坐在父亲三十年前亲手建盖
居住了三十年的茅屋里
期待野山药生根发芽

2

茅屋里非常温暖
深冬的寒风在外面钻头觅缝
却始终挤不进来
父亲睡过的那张床
依然散发着淡淡的汗渍味
这是我闻到过的最亲切的味道
这些味道，让我在

没有语言的世界里

回忆起许多

父亲默默打发过去的日子

3

我无法预算出

野山药破土发芽的时间

只能耐心等待

这个过程中

我每天都在祈祷苍天

让父亲尽快好起来

祈祷不是一种简单的形式

祈祷是一颗心与另一颗心

在寂寞中相互抚慰的最好方法

4

山地里的荒草开始发芽

野山药尖尖的嫩芽

终于破土而出

我感觉到，茅屋里

父亲的汗渍味更浓了

有一天夜里

我梦见父亲走进茅屋

然后，拿起锄头

迈步走到山地里

喘着响亮而粗重的气

开挖那些已经成熟的野山药

5

拂过山野的风
越来越暖和
野山药长势良好
父亲已经能够下床行走
我想，要不了多久
父亲就能回到他的茅屋里
和他的山地厮守下去
这不仅仅是我的一个愿望
也是我种植野山药的理由

6

我开始听见一只鸟儿在啼唱
接着听见一群鸟儿在啼唱
它们在天空里飞来飞去
天空是它们的
就像山地永远是父亲的
父亲才是山地真正的主人
而我，顶多是个
像稻草人一样
临时站在山地里守望的人

桃李谷一日

1

我们的目的地是桃李谷
一条刻意隐藏在高鲁山下
只闻其名，不见其貌的深箐
这是个非常难得的好天气
阴雨连绵的一个多星期里
迟迟不肯露面的太阳
终于露出红彤彤的圆脸
我们按照约定时间
准时起床，洗漱，然后
沿着伸向县城西北方向
车辆渐次稀少的老公路出发
我们，其实是两个每喝必醉的酒友
相识在二十多年前
某个月黑风高，诗意泛滥成灾的夜晚
记得当时还来不及互通姓名
就迫不及待成为无话不谈的知己
就像战争年代，认准了共同敌人

马上枪口一致对外

我们随身携带的东西很少
不是怕麻烦，是一种习惯
一壶酒，一包牛肉干巴
一根一不小心或者有意摔倒时
能够帮助身躯再次站立起来的棍子
还有一副准备拉近距离
寻找葫芦蜂的望远镜
倮伍拉嘎是个外表绅士
内心充满迷惘的人
至今我还无法理喻当初我们认识时
为什么那样纯粹而仓促
因为，从某种意义上来说
诗歌只给了我们相见的机会
更多的原因，也许是一见如故
当然，我也好不到哪里去
如果不是惺惺相惜
如果不是臭味相投
来去匆匆二十多年，其结果
绝对不会是今天这个样子
今天，前往桃李谷探秘
是他首先提出来的，应该是在
酒醉心明白的状态下，提出来
他告诉我，是个云游四方的高僧
向他透露了高鲁山下有条桃李谷

如果无缘涉足桃花源
最好前往一次桃李谷

2

急匆匆行走两个多小时
我们从一道岔路口顺坡而下
凉爽的山风拂尽了一身疲劳
根据地图标明的路线
这是进入桃李谷唯一的岔口
一条穿过密林的乡村公路
静静地展现在我们面前
公路两边的竹林像一群穿着绿色长裙
亭亭玉立的少女，在微风中向我们招手
整齐划一，弯腰或者挺立
这个动作我已经非常熟悉
傈伍拉嘎每次喝得酩酊大醉
就喜欢不知疲倦地重复这个动作
不过，没有我的再三提醒
可能不会引起他的注意
这不是失忆的表现
是个在迷迷糊糊现实生活当中
变得麻木不仁的人
最后形成的习惯或者标签

有两只画眉鸟分别在我们前后啼唱
它们的歌声纯净得如同春天的露珠

一对苍鹰在头顶的蓝天里翱翔
它们的自由,只属于天空和它们自己
路面上穿梭着许多鬼头鬼脑的松鼠
它们是这个小小的星球上
正在残酷地收缩着的森林的精灵
我们现在似乎已经没有什么办法
归还给它们一个,足够安全的故乡

我正在细数着排列成行
蜿蜒穿过路面的蚂蚁
倮伍拉嘎突然尖叫起来
"曲木拉鲁,那是什么?"
顺着他手指的方向望去
没有发现任何异常
他迫不及待把望远镜递给了我
终于在一棵高大的秃杉顶上
我看见了一个悬挂在树枝上的
金黄色的圆球,成群的葫芦蜂
飞来飞去,忙碌得让人可怜
这些携带着致命剧毒的小精灵
和它们打交道,来不得半点马虎
倮伍拉嘎耷拉着脑袋,一脸沮丧
像个迷途的刺猬
围着我不停地转圈
自言自语重复着一句话:
"树太高了,可望而不可即。"

我说："不是自己的东西
你永远得不到。"

3

我们继续前行，义无反顾
乡村公路穿过一个名叫上金石的山寨
变得平坦起来，右边的稻田里
金黄的稻子醉人地摇曳着农人的微笑
倮伍拉嘎的眼睛，自从离开
那个悬挂在秃杉顶上的葫芦蜂
一直黯淡无光，对金黄的稻子
清静的山寨，潺潺的流水
默默盛开在微风里的花朵
还有那些歌唱着飞舞的鸟儿
仿佛都失去了兴趣

我们又继续前行了半个小时
拐过一道弯，视野豁然开朗
天空中出现的苍鹰
从最初的两只，变成了六只
这个变化，证明我们已经
穿越了一个漫长而又短暂的时代

稻田里，几个女人正在躬身摸鱼
圆滚滚撅起的屁股
保持着一个亘古不变的姿势

在刺眼的阳光下不停地扭动
一群全身光溜溜的孩子
一身烂泥，坐在田埂上
聚拢着守护囚禁在木盆里的鱼
山谷两面，稻田四周，公路上下
到处可见大大小小，高高矮矮的
桃树和李树，它们中规中矩地
站立在灿烂的阳光里
热闹而又有些孤独地迎风起舞
几片稀稀疏疏的叶子
难舍难分，依恋着即将逝去的秋风
我们没有看见桃李盛开的鲜花
我们没有看见挂满枝头的硕果
不知道是季节阻隔了时间
还是时间阻隔了我们
我们只能展开想象的翅膀
朝着时间的两头
飞回去，或者飞向前
才有机会看见盛开的桃花和李花
以及挂满枝头的累累硕果
倮伍拉嘎对此耿耿于怀
不停地抱怨着没有赶上季节
我说："你是想看桃李盛开的花朵
还是想看挂满枝头的硕果？"
他没有回答，他知道
对于季节，无论或迟或慢

只能是我们自己选择
季节永远不会选择我们
两者之间，无法两全其美

4

前面出现几间光怪陆离的茅草屋
几个面貌狰狞而且巨大的石头
仿佛把守铁门的将军
驻守在茅屋的左右两边
门口后面的一片岩石上
阴刻着四个大字："石缘山庄"
茅屋的外形，有些张牙舞爪
小心翼翼走进去，却发现
其实这里是个由几间居室组成
遥远而又复活的世界
古朴得令人惊讶
幽静得一切皆空
完全是诗歌的结构
完全是音乐的旋律
完全是美术的意象
完全是书法是布局

倮伍拉嘎跌倒在一条长凳上
跷着二郎腿，得意扬扬
审视一堵雕刻着猛虎和苍鹰图腾的石墙
说："就在这里喝吧，这就是

在我梦里出现过无数次的世界
我已经寻找它很多年。"
我无话可说，这也是
我想象过无数次的祖先生活的场景

俣伍拉嘎喜笑颜开，龇牙咧嘴
样子就像突然得到桃子的顽猴
迅速掏出牛肉干巴
分别在两个粗糙的木制杯子里
斟满了随身带来的"玉林泉酒"
这些无色而透明的液体
是拉嘎和我的共同所爱
不管这种爱是否有些麻木
我们都已经无法摆脱它的诱惑
因为这是我们的灵魂与生俱来的东西
特别是现在，我们把它当作了
琼浆玉液。三杯下肚
我们不再相互纠缠着敬酒
而是各自为阵
就像攀比贫富
一个劲地痛饮

醉眼蒙眬中
发现对面那间茅屋里
两个苍白的胡须飘飘扬扬的老人
一言不发，下着象棋，喝着闷酒

旁若无人，超凡脱俗，道貌岸然
十几只白鸬鹚
在他们的屋顶上翩翩起舞
宛若远离尘世千万里
俚伍拉嘎睁大血红的眼睛
说："仙人，这就是仙人！"
我不想表达什么
也表达不了什么
我只能静静地感受
他们带给这个喧闹世界的形象

这时候，太阳像个风尘仆仆的旅人
离开峡谷，滚落在一片曼妙的晚霞里
桃李谷两岸的悬崖峭壁
在傍晚沉寂的天光里
突然显得格外肃穆而古老
已经归巢的苍鹰
在悬崖上发出尖利的啼鸣
两个"仙人"依然无动于衷
好像白昼与暗夜
对他们来说，毫无区别

5

摇晃着有些不属于自己的身躯
我们离开了"石缘山庄"
已然隐入夜色的稻田

在风声中梦幻出一个空前寂寞的世界
倮伍拉嘎头重脚轻
走在前面，嘴里叽里咕噜
不知道是在抱怨或者留恋

夜色真好
月儿真圆
突然想起明天就是中秋
不知因为激动还是感伤
我的双眼，溢满了泪水

再见吧，桃李谷
倘若有缘
我们还会相聚
重叙难忘的一天

玛尼维拉

彩云走了回来了
星星走了回来了
春天走了回来了
我的鲜花一样的玛尼维拉
你走了为什么不回来

高山上的泉水流不完
峰峦起伏的风景看不完
夜色朦胧的情歌唱不完
哭声都比琴弦美妙的玛尼维拉
你在哪片月光下刺绣着爱情的荷包
蛛网一样的日子里
我一闭上眼睛就看见你
五彩缤纷的梦幻中
到处都是你迷人的身影

亲爱的玛尼维拉啊
回来吧，披着云霞
回到松涛滚滚的家乡来

回到篝火熊熊的玩场来
回到我形单影只的身边来
回到我的血肉中
回到我的灵魂里

月亮升起来

晚风像我心中的涟漪
摇晃着你渐行渐远的背影
晚霞像你凄美的舞姿
融化了我欲哭无泪的双眼

月亮升起来了
你的窗口没有打开
几个飞蛾在光滑的墙壁上
编织着我心慌意乱的爱
我怎么知道啊
我的等待，何时才能戳破
那片薄薄的窗纱

月亮升起来了
我的心悬挂在没有围栏的月光里
即使含着泪花
我也要等待下去
直到阳光普照的时刻

路过罗列寨

当我骑马路过罗列寨
我都要去寨子东边看一眼
比我更孤独的土掌房

我心爱的姑娘
曾经在土掌房里
为我驱赶过无数个不眠之夜
如今，她和阿爸阿妈都走了
就像被一阵风，悄悄吹走
吹到了一个我没有看见过的
大海边的闹市里

心爱的姑娘走了
美好的回忆还在生机勃勃
斑驳陆离的阳光
还在捡拾着她遗漏在风中的笑声
那只早晚按时啼唱的画眉鸟
还在唤醒着她灿烂在梦里的山歌

我渴望着长出一对翅膀啊
我要飞越万水和千山
飞越寂寞的天空和无情岁月
飞到你身边
落巢为家

塔甸睡美人

你一睡就睡千万年
睡得越来越甜美
睡得海枯石烂
睡得惊心动魄
可是，此时此刻
深陷孤独的我和你
就在咫尺之内
却一夜无眠

我不知道
你会在哪个早晨醒来
醒来之后
第一眼看见的男人
会不会是我

很久以前，为了你
我把一万个神话
羽化成春夏秋冬不谢花
羽化成悬挂长空不落虹

让你的形象长上翅膀
日夜飞扬在属于我的
每一个梦里

有时候啊，我真想
睡在你五彩缤纷的身边
倾听你的呼吸
触摸你的温情
直到，融化你的灵魂

路遇背玉米回家的女孩

弯道收缩在她的背影里
夕阳静悄悄
几只晚归的鸟儿
滑翔在时隐时现的山峰上

女孩低垂着头
玉米的金黄色
像波浪，跳跃在她周围
我站在山路边那些
即将丧失温度的斜阳里
我主动打了招呼
她的声音告诉我
年龄不会超过十岁

我不想询问玉米地离家有多远
我知道，这种距离
不是她能够掌握的

她没有停下脚步

也没有抬头看我一眼
她根本不想认识一个
路遇的陌生人
她一心只想着
夜幕降临之前
把玉米背回家

最后的猎人

曲木迭嘎是寨子里最后的猎人
但不是秋天飘零的最后一片落叶
不是黎明消逝的最后一颗星辰
不是放下屠刀立地成佛的屠夫
他是把猎枪丢进历史的垃圾篓里
一身轻松逃离人与自然
纠结不清的岁月的猎人
这个在别人眼里
一辈子沉默寡言的男人
来到这个世界，最遗憾的是
一生没有感受过女人的激情
猎枪作为唯一的伙伴
相依为命整整六十年
当年昼夜烟雾缭绕
野味飘香的土掌房
如今，已经承袭着他的性格
沉默寡言，孤苦伶仃，黯淡无光
不时传出几声孤独的咳嗽
不管别人理会不理会

那几声深夜里显得更加孤独的咳嗽
成为他对这个宁静而又喧闹的世界
唯一的诉说，或者忏悔

曲木迭嘎已经记不清
这一生到底猎杀过多少野兽
他只记得，就在那个
伸手不见五指的暗夜里
他带着非常犹豫的心情
最后猎杀了两只在明亮的头灯光里
像情人一样依偎在一起
偷吃着青青麦苗的野兔
就像一个掠食者突然遭到猎杀
那一声刺耳的枪声响过
他感到灵魂离开了躯体

曲木迭嘎从此放下猎枪
放下一直以来，隐隐约约
压迫在心尖上的那个
犹如石头般沉重的暗影
仿佛从黑夜走向白昼的山鬼
仿佛脱掉褴褛外衣的流浪汉
回到了人们的视野里
那些辉煌或者暗淡的岁月
像流水一样，一去不返
二十年来，在飘飘忽忽的生活中

再也没有抚摸过一次
悬挂在大门背后的那个"伙伴"
如果没有人问起为什么不再打猎
他永远不会主动说出自己的理由
如果没有人自愿走进他的土掌房
他也不会主动提出喝上两杯的邀请

有一天，他坐在门槛上
仰望着那些熟悉而又陌生的蓝天白云
回忆着那些颠倒而又风光无限的日子
一个花容月貌的女孩
像一片绿叶突然飘到眼前
女孩自称是从城里来的记者
是专程前来采访他二十年来
坚持巡山护林的事迹
然而，曲木迭嘎无动于衷
甚至有些呆若木鸡
闭口不谈巡山护林的事
出人意料地告诉前来采访的女孩
多年前，很多风骚而漂亮的女人
半夜里大胆地敲响过他的门板
但他始终无动于衷
一边大声唱着山歌
一边敞开胸怀自斟自饮
土掌房里的烟雾
弥漫着一个大山性格的男人豪情

他毫无保留地告诉女孩
他之所以一生不愿意触碰女人
是因为他的祖父
一个拈花惹草的汉子
最后把生命土崩瓦解在了
女人的温情里

现在，八十一岁的曲木迭嘎
除了爬山的时候
好像提醒自己似的偶尔咳嗽几声
几乎没有生过什么大病
他总是喜欢在别人面前
像个淘气的孩子，豪气冲天地说
老虎豹子算个啥，老子永远是它们的爷
事实如此，曲木迭嘎
这个永远不知道孤独是什么滋味的男人
身板子硬朗得如同一棵迎风飘扬的树
一年四季，风雨无阻
每隔几天，都要上山巡视一次
不是巡视那些花开花落的原野
不是巡视那些云里雾里的山峦
他在巡视继续与飞禽走兽为敌的强盗
还有继续与大森林作对的刀斧手
他行走如飞，了如指掌的山路
在他脚下，没有崎岖与平坦之分
那些当年相见如仇人的野兽

如今，不但相安无事
还像亲朋老友，亲密无间
它们用特殊的语言相互问候
它们用舞蹈的方式交流感情
狂风驱散了它们的仇恨
暴雨涤荡了它们的恶梦
闪电照亮了它们的未来

曲木迭嘎，寨子里最后的猎人
不是秋天飘零的最后一片落叶
不是黎明消逝的最后一颗星辰
不是放下屠刀立地成佛的屠夫
他是毅然决然丢弃了一段
行走在迷途中的历史之后
重新迎来光明的彝人
他说，在他死去之后
再也不会变成顽固不化的石头
他要成为一棵树
或者一片飞扬的绿叶
或者一条淙淙的溪流
像个吸着阿妈的奶头
做着没有尽头的美梦的孩子
匍匐在大山的怀抱里
享受大自然的祝福与温暖
最后，修行成佛

曲木迭嘎，寨子里最后的猎人
他说，在这个世界上
他是最快乐最幸运的人
因为，他真真切切地看到了
土掌房里的火苗，还在继续燃烧
千里彝山在一碧如洗的蓝天与白云间
无数苍鹰已经在翱翔着傲视大地

骑三轮车捡废品的老人

他把腰，弯成了一张弓
一张，已经没有弹性的弓
无论是在陡坡
还是平坦的路面
他的腰，弯得触目惊心

三轮车，已经面目全非
并且严重变形
脚踏板上的解放鞋
破旧得掩盖不住
若隐若现的五个脚指头

他几乎什么废品都捡
废纸，包装盒，塑料瓶，编织袋
捡空酒瓶时，他会看看左右
喝掉遗留在瓶底的最后一滴酒
他还把腰弯到最大极限
捡起别人随意丢弃路面的烟头
然后吃力地直起腰杆丢进垃圾桶

我知道，他在捡废品的同时
用一个不太被人看好的形象
捡拾那些好像冬天的暖阳
喷洒在大街小巷里的人性
捡拾那些漏洞百出的灵魂
也捡拾着自己
沉沉浮浮的命运

寻找落泉仙人洞

也许是我的执着感动了
那些经常出入于我梦里的
仙人们，2014 年新年伊始
当一阵阵寒冬刺骨的冷风
在斜阳下掠过心尖的时候
我终于在一个名叫落泉
荒草萋萋的古老山寨遗址
往西南方向三公里处
一条人迹罕至的山箐里
找到了那个神秘的仙人洞
这是我第三次独自去寻找
在地方史志里记载得富丽堂皇
总是让我浮想联翩的仙人洞
当我扒开一丛丛浓密的枝叶
钻进上下十几米见方的洞口
一个高达百余米，宽敞明亮
面积五六百平方米的大溶洞
便豁然出现在眼前
鬼斧神工般的钟乳石

简直让我叹为观止
这是一个两头相通的溶洞
而且分为上下两层
上洞地面平坦，金碧辉煌
下洞深达几百米，满地是
石床，石凳，石桌，石灶
史家当年如梦如幻地记述
这些东西都是仙人用过的
似乎他们曾经亲眼所见
而此时此刻的我
也仿佛感觉到了仙人们
就在我身边，就在那些
朦胧而又皎洁的天光里
我还感觉到，当年那些
骑马远道而来的文人骚客
已经围坐在一起，开始
高谈阔论，题诗赋词
他们，也想成为仙人
也想，在仙人洞里
留下仙人一样的身影
归野山林，是他们
一生的夙愿，不管
路途多么遥远，他们
都要赶来与仙人相聚
总是飘飘然乐此不疲
而我是不可能的

我只能寻找到，仙人洞
然后，静静地向仙人们
询问一些有关人与仙人
之间的差别和交谈方式
我没有骑马而来，我得在
太阳落山之前，返回县城
我知道，古人们，已经可以
不再返回县城，他们
已经愿意永远留在仙人洞
成为仙人当中的一员
其实我也希望这样，而且
我也愿意为此修炼千年
哪怕最终成不了仙人
我也心甘情愿
因为，人一旦变成了仙
世界，就会复归沉寂

姥爷的布鞋

姥爷去世之后
姥姥从箱底翻出一双布鞋
一丝不苟穿在姥爷脚上
然后，屹立在旁边
一边深情注视着姥爷的遗容
一边轻轻地说
"六十五年前
你从部队退伍回来的时候
告诉我，这不是一双普通的布鞋
是朝鲜战场上一位阿玛尼
一针一线缝制后
送给你们班十二个战士的
回国的时候
你的七个战友
都穿着这样的布鞋
安息在了异国的土地上
活着的时候
你舍不得穿上一天
现在，你就穿着这双布鞋

和你的七个战友相聚去吧"

姥爷没有回答
但姥姥相信
姥爷肯定听见了她的话

姥爷的故事少之又少
除了姥姥，姥爷从来没有
和儿孙们讲起过他那些
穿越无数岁月后
依然鲜活如初的战斗故事
儿孙们只知道
姥爷十八岁参加游击队
二十一岁加入中国共产党
从部队退伍回来后
担任生产队长二十五年
默默无闻，埋头苦干
每一丘田，每一块地
都浸透着他的汗水
直到笔挺的腰杆
弯成一张弓
他才叹口气
停下匆匆忙忙的脚步
这时候，姥爷
终于时不时提起他的战友
总是喃喃自语

"我要去见战友们了
我们又要战斗在一起了"

姥爷悄悄地走了
穿着那双视若珍宝的布鞋
和他的战友们一起战斗去了

没有你，所有的日子都是飘零的

亲爱的玛涅米
现在，我就坐在
只属于我个人的门槛上
眺望昨天的你
越来越近的身影
现在，我就躺在
只属于你我的斜阳里
倾听昨天的你
仿佛梦幻的山歌
现在啊，我拥有的
只剩下漏网的回忆
我一生一世的修行
已经被思念的火焰摧毁
你应该还记得
淋湿在细雨中的那些拥抱吗
应该还记得
那只与我们形影不离的猎狗
它每天夜里都在狂吠啊
因为你在它的梦里

迟迟没有离去
亲爱的玛涅米
至今我都不知道
你突然离开山寨和我
远走他乡，到底是为了什么
是因为山歌越来越孤单
是因为火塘越来越寂寞
还是因为我的温柔不够完美
很想在花丛中找出属于你的蜜蜂
很想在夜空里认出属于你的星光
回来吧，亲爱的玛涅米
没有你，我所有的日子
都是飘零的

老同学拉耿

面貌改变得惨不忍睹

两米宽的巷子里

容不下他凌乱的脚步

三十多年的风吹雨打

磨损了一脸红润的皮肤

拔掉了半头漆黑的白发

只有看见熟人开怀大笑的习惯

保持得非常完整

不过，令人惊讶的是

当初所有女同学都以为

这辈子会娶不到媳妇的拉耿

娶到了比所有女同学漂亮的媳妇

一直生活在山寨的鸟语花香里

一直用心守护着

每一个耕种季节和收获季节

偶尔，也会跑到城里

在豪华的餐馆

显摆一次土豪的风采

然后，来到大街上

若无其事地表演一场

脚底打滑的喜剧

老同学拉耿最得意扬扬的还是

媳妇从来不敢和他吵架

五十岁后，每次遇见同学

他都只说一句话

"你看见过会说话的石头吗？"

没有人知道这是什么意思

没有人能回答得让他满意

老同学拉耿，就像独树成林

一辈子活在自己的世界里

活得滋润，活得满足

活得花开花落

最后活成一个

我梦寐以求的

无法风化的故事

扫大街的堂妹

堂妹漂亮，从小漂亮
高中毕业的堂妹一回到山寨里
年轻小伙早晚围着她转
为了还清父亲建房欠下的贷款
堂妹流着泪放弃高考
来到城里扫大街
我看见她的时候
她正在低头清理着一片淤泥
圆滚滚的臀部
在夕阳下轻轻晃动着
一些杂七杂八的眼神
像饥饿的豺狼
在堂妹身上溜达
堂妹不知道
也不想知道

堂妹离开山寨时
没有告诉父母去城里扫大街
只说去城里做服务员

活计很清闲

她离开时，没有人知道

她离开时，山寨里刮起一阵风

把巷子里所有垃圾

清扫得一干二净

那些东躲西藏的猪狗鸡鸭

一改往日的喧闹

依依不舍的眼睛

一直把她送到了山垭口

堂妹在城里上过学

第一天就找到了轻松的工作

但是，第二天

她没有再去公司上班

因为她在秃头老板那双

布满血丝的眼睛里

仿佛穿着一套透明的衣服

她没有给自己犹豫的时间

她心里很清楚

父亲建房欠下的贷款

一定要按期还清

但她心里更清楚

掉进粪池里的画眉鸟

即使家乡的山泉水

也永远洗不干净

堂妹思念山寨
思念山寨里的父母
每天夜里，她用无声的眼泪
诉说无声的思念
但第二天一起床
她用扫帚清扫干净大街一样
清扫干净脸上每一道泪痕
堂妹可能需要很长时间
才能为自己清扫出一条
弯弯曲曲的大街
但她不会埋怨老天爷
因为她已经感觉到
早晨的风，越来越温暖

夜宿核桃寨

松鼠的牙齿敲击核桃的声音
从最清静的那片月光里传来

梦醒着
风睡着
手掌厚的墙壁
被牧羊老人的咳嗽
戳穿了十几次
那只隐藏在核桃树下的守门狗
眼睛里只有松鼠
以及松鼠的警惕

圆圆的窗口
浓缩太多的如烟往事

我一直徘徊在梦与现实之间
一直担心牧羊老人的咳嗽
突然中断
我唯一的担心

是敞开的木门
闯入一条狼或者一头野猪

守门狗消失了
松鼠的牙齿敲击核桃的声音
同时消失
这时候，我看见
圆圆的月亮
钻进了圆圆的窗口

老房子

每一张蛛网
都织满它的秘密
遍布墙体的石头
在夕阳下温暖着
已经逝去的时间
还有门前孤零零的香椿树
不断颓废的影子
偶尔飘落的几片香椿叶
像几只小鸟
非常缓慢地飞进我的眼睛

守门狗在沉默中蔑视着我
它的职责是
眼睛里不能进入一粒沙子
对它来说
一切都值得怀疑

门槛上，一群蚂蚁进进出出
无事的时候

守门狗会盯上半天
直到把它们盯成
一条黑色的河流

风声里，我清晰听见
母亲半夜起床上山背炭的脚步声
还有隔壁老奶奶
非常响亮的咳嗽
老房子真的老了
夕阳下，仿佛一顶破帽子
用最后一点温暖
严严实实守护着
我最初的梦幻
我最初的渴望

牧羊人拉嘎

一鞭子把羊群赶上山坡
拉嘎躺倒在松树下
布谷鸟开始啼叫
声音像一朵朵正在盛开的花

拉嘎没有睡着
他回忆着昨天偶然碰见的少女
阳光明媚的正午
拉嘎第一次心跳如鼓

少女和他隔着一道梁子
少女的羊群和他的羊群隔着一道梁子
山风把对话吹跑了
只剩下了手势

拉嘎渴望再次见到少女
他知道这种渴望
像穿透枝叶的阳光
漏洞百出

直到太阳落山
他才隐隐约约看见
少女站在橘黄的余晖里
向他挥手

峨山辞

比峨山更高的山
在我心中
比峨山更近的山
在我眼里

风里，峨山向我招手
雨里，峨山与我相拥
夜里，峨山为我点亮星空
白天，峨山给我指点江山

一条崎岖山路
牵引峨山最美的山歌
一群飞翔鸟儿
叙说峨山最深的历史

我是峨山身上的一颗露
我永远走不出它的思念
我没有见过比峨山更广阔的视野
我没有爬过比峨山更轻松的山峰

香玉妹子

香玉妹子没有出去打工
体弱多病的母亲拖累了她
香玉妹子家只有五分水田
其余是大大小小十几块山地
这些山地，每年播种玉米
大热的天，香玉妹子弓腰播种
挥汗如雨，远远看去
像个找不到出口而来回穿行的小猴子

香玉妹子是山寨里最美的一朵花
年轻小伙们把所有情歌唱给了她
可是她无动于衷
播种玉米，侍奉母亲
相信自己

播种完玉米，香玉妹子就带着母亲
打扮得漂漂亮亮，到县城玩几天
买一些日常生活用品
买几件母亲看得上的衣服

买几本自己喜欢的书

玉米成熟之前
香玉妹子不会出远门
每隔几天，她就去玉米地里走一趟
看玉米长势，听鸟儿唱歌
这时候，香玉妹子红扑扑的脸蛋
就像玉米花一样盛开了

清明雨

墓地很远
思念很近

山路崎岖，荒草萋萋
沙粒挡住了泥土的湿滑
但时间割不开
生命与灵魂的牵挂
鸟鸣透过细雨
透过坎坎坷坷的时光
在耳畔回旋

风，由远而近
用哀婉的歌声扶我上山
我看不见一个人
阳光温暖如棉
雨滴敲击着时隐时现的身影
敲击着一些零零碎碎的记忆

我不知道

上山之后是否会迷路
鸟鸣越来越稠密
风，已经吹乱脚步

终于到达目的地
我突然感觉到
无论路途多么遥远
无论雨丝如何稠密
无论鸟鸣异常哀婉
今天，我还不能忘记
返回的路

拾菌子的小妹

下过几场大雨
山寨后面那些山野里
深埋地下的菌子
耐不住夏天的闷热
纷纷破土而出

在县城里读高中的小妹
已经放假回家

为了积攒一笔下学期的伙食费
每天公鸡打鸣之前
她就悄悄起床
背着背篓，上山拾菌子

小妹要走比别人更远的路
更远的地方，才拾得着好菌子
比如鸡枞菌，干巴菌，松茸菌
这些菌子价钱高，美味可口
小妹喜欢菌子

但从来不吃
所有的菌子
她都卖给二道贩子

小妹带着手电筒
山路漆黑，心里明亮
手电筒不仅照亮前面的路
也照亮着想象中的菌子

山路不断延伸
一直延伸到曙光里
菌子已经破土而出
扒开草丛，扒开枯枝败叶
菌子就会暴露无遗
小妹一天的希望
就在这些菌子身上

彩虹桥上卖洋芋的女人

阳光选择了红格子衬衣
坐姿已达到完美无缺
花容是桥的风景
月貌是水的丽影
她不时和洋芋说上几句话
她知道，洋芋的孤独
来自宿命

人们来去匆匆
脚步眼花缭乱
微风清洗着尘灰
不时掠过的飞燕
牵引着美好季节的渴望

几乎所有眼睛
面对洋芋，熟视无睹
而她的容貌
总是被浏览成春夏秋冬的颜色
我看见她的时候

她正挣扎在一个美丽的漩涡里
几片叶子飘落下来
缓慢降落在她身后
那个变得越来越模糊的
影子里

已是中午
洋芋的重量一点没有减少
她却一直成为
免费浏览的雕像

美女纳尼玛

孤独的纳尼玛
居住在孤独的茅屋里
因为她是美女
她的美就像夜空里的星星
可望而不可即

纳尼玛出生一年后成了孤儿
同样是美女的母亲
出门打工两个月
就与家人失去了联系
纳尼玛和小羊羔一起长大
后来，她成了牧羊女
在家乡的每一座山头上
都飘荡着她
像白云一样空灵
像溪流一样纯净
被鸟儿们传遍千家万户的
山歌

终于有一天
我发现了纳尼玛的孤独
她的孤独是深夜里的风
无影无踪，无法接近
我在深入她的孤独之后
把她和她的茅草屋
用一对梦的翅膀
迁移到了遍布我脚印的小城

纳尼玛在远离孤独的小城
一边怀念着她的羊群
一边给我先后生下了
两个像她一样美丽的女儿

怀念猎狗 "黑风"

三十年前，我从一个老人手里
买回了一只全身漆黑的小狗
全家人不以为意
甚至认为，这么瘦小的狗
肯定养活不了，让它流浪去吧

我没有让它流浪去
半年时间，它长成一只
全寨子的狗一碰面就哆嗦的大家伙
奔跑的速度，超过了山风
祖父借着酒劲搂抱着它
说，这真是一阵黑色的风

"黑风"这个超越现实的名字
从此就像狂野的风
在故乡的山水间流传开来
作为我亲密无间的朋友
"黑风"在家里
是一道无形的墙，阻隔着一切

邪恶的目光与肮脏的灵魂
它守护的玉米，茁壮成长
它守护的核桃，完美无缺
野兔，野猪，松鼠，黄鼠狼
一听见它的声音
就屁滚尿流

我喜欢和"黑风"交流情感
我们一起坐在核桃树下
一起仰望天空
一起远眺群山
把语言融化在山风里
把情感流放在彩云间

十五年后的一天深夜里
"黑风"站在门前的月光下
断断续续嚎叫了半夜
祖父起床偷看了几回
最后说，"黑风"要走了
话音刚落地，"黑风"倒下了
惊起一地白花花的月光

祖父把"黑风"安葬在四面透风的梁子上
我从城里回来时
"黑风"坟头上已经野草青青
几只鸟儿在旁边的松树上
啼唱着南来北往的秋风

编织竹笼的老人

竹子在老人手里分崩离析之后
形不再挺直，皮不再坚硬

老人的手越粗糙
竹笼就越精致
老人用越来越模糊的眼神
把所有属于自己的岁月
编进了竹笼里
但他从来没有考虑过
如何盖上竹笼的盖子

老人一生都在编织竹笼
都在编织一家人安静祥和的生活
实在疲劳的时候
他编织
只装得下几个土豆的小竹笼
全家团圆的时候
他编织
装得下百多斤玉米的大竹笼

他把竹子的硬度
拉直后弯曲
再编织成
疏而不漏的日子

竹笼出售前
他习惯了细细打量一番
然后用手轻轻拍上几下
好像在告诉竹笼
他再也不知道
竹笼的命运
是落花流水，还是凄风苦雨

他用一辈子的时间
编织了数不清的竹笼
但没有编织过一个
只属于
自己的竹笼
他总是告诉子孙们
竹笼可以装任何东西
甚至灵魂也能装进去

现在，老人已经准备好
用最大的耐心和最美的理想
为自己
编织一只竹笼

把整个生命的光辉和热量

放进竹笼里

然后交给时间

储藏起来

亲人篇

1

父亲还在捡废品，每天早起晚归
他蹲下来分拣废品的背影
让我一想起一个耕田种地男子汉的演变
竟然如此迅速，如此生动
心里五味杂陈，难以言表
把他接到城里生活，是我们的本意
像他的耕牛一样生活，是他的固执
对此，我们无法动上任何性格手术

2

母亲体弱多病，走两步气喘吁吁
来城里之前，家里家外都是她的声音
现在，生活规律混乱，一有时间
就没完没了给子孙们解剖苦难的所有细节
足不出户，还知道天下事
嘴上总是逢人就说，快要死了
心里一直依恋着美好生活

这应该是她对得起自己一生的最后选择

3

妻子少女时代，是一朵生长在山野里
荆棘丛中的山茶花，一年四季盛开
而我是最欣赏这朵山茶花的花痴
突然成为我妻子后，身份改变为家庭妇女
温文尔雅是真实表现，毫无做作
暴跳如雷是表面特点，虚无缥缈
生下一儿一女后，孝敬公公婆婆成为她
日常生活中最重要的活动安排

4

儿子从小桀骜不驯，但我一想起
人类祖先是猿人，心里也就释然了
经历过崎岖小道和宽敞大路后
他终于明白，生活是一张网
听他的同事们说，在看守所里
勤快在他身上体现得一览无余
但酒成为他和家庭死灰复燃的矛盾
当然，善良会及时改变矛头指向

5

儿媳秋梅，名如其人
读大学时，从来不用大人接送
不喜欢与虚情假意者交往

结婚之后，忙里忙外
节假日，带着孩子在没有去过的地方
包括那些小河，山谷，山寨，转一圈
体质有些单薄，内心非常强大
不需要同情，认准道路前行

6

女儿小时候像一只小猫咪
脚步跑得再快，也跑不离母亲的身影
随时随地依偎她母亲
现在是为人师表者，语言干净利落
有人说，同情别人是她最大弱点
她却丝毫不想悔改，依然我行我素
不喜欢自以为是的人，在父母面前
像一棵永远长不大的小草

7

彝语对女婿来说
是一道跃不过去的高墙
在家人面前，他的笑容非常勉强
但他还是笑，有时候，他会讲个笑话
稀释一下自己的尴尬，女儿欣然
成为他出入所有场合的标志
最大特点是腼腆
而腼腆永远收藏在笑容背后

8

若尘是我给孙子起的名字
很多人都说，名副其实
幼儿园里他给小朋友们讲故事
进入小学，很不习惯听老师讲课
家里的东西，因为喜爱而不珍惜
有时候丢三落四，让他承认错误
比登天还难。风雨无阻的爱好是爬山
这是他保持男子汉自尊的唯一形象

9

都说欣然是好孩子当中的好孩子
不是因为女孩，才肆无忌惮撒娇，或者
毫无顾忌地哭。见到陌生人
就变成一只可爱的小老鼠，到处躲闪
喜欢游泳，喜欢寓言，喜欢虫儿
最甜美的声音，是喊外公外婆
小公主与小个子之间
从来没有任何差别

守山老人

他知道每一条山路
拥有几个绝对相似而不相同的弯道
知道它们最终到达什么地方

他习惯了在春天的第一朵花
悄然盛开的那一刻
从小木屋里拿出心爱的笛子
吹响十八岁时丢失的爱情
孤独被笛声驱散之后
他就会看见一只
正在孤独里释放孤独的苍鹰
盘旋在头顶的蓝天里

他知道每一只鸟儿的梦想
知道每一片绿叶的心思
知道每一条溪流的歌唱

十八岁的爱情
在小小的窗口挤满星星之后

已经失而复得
这时候，风不再呜咽
回忆缠绕着寂静的大山
他毫不犹豫从窗口伸出手
摘下那颗最明亮的星
放在心里
进入梦乡

一个人的寨子

所有房屋已经老化成散落在地的彩云
唯有他，还像寨门口的清香树
茁壮成长，香飘四季

他种植在寨子四周的果树
每年秋天
都会集中在他眼前表演
一幕幕看不完的惊喜
日出日落间
让他遗忘了所有寂寞

他喝箐里的山泉水
他吃坡上的四季粮
有时候，他喜欢把梦里的景色
编织在箩筐之类的农具上
用念旧的情怀复苏童年
有时候，他会不厌其烦
把锈迹斑斑的巷子
修理成四面透风的长廊

他知道总有一天
不得不离开寨子
他想好了离开寨子之前
要把祖先的呼唤
重新清洗干净，严严实实覆盖在
这片远离喧闹的土地上

飞鸟

我愿意成为一只飞鸟
一只用展开的翅膀书写苦难的飞鸟
当我带着沉重的梦想
掠过别人的窗口时
我会用不停地啼鸣
唤醒沉睡在虚无里的人
而且，我还会在那些
布满蛛网的窗口，留下一片羽毛
作为诱惑另一只飞鸟的风景

我愿意成为一只飞鸟
一只用飞翔的姿势解释生命的飞鸟
我不想在风声里迷失方向
我会在长满鲜花的蓝天里
唤醒所有回忆的荒草
然后，在远离野蛮和阴谋的地方
精心构筑一个只属于我自己的巢
一遍又一遍地梳理已经度过的岁月

我愿意成为一只飞鸟
一只用自己的生命燃烧天空的飞鸟
所有窗口，都因我的飞翔而打开
我会忽视一切过程
我要在虚无的时光里
寻觅唯一的自由
我的飞翔，应该是所有飞鸟中
最优美的，因为，我渴望着
一个不再充满刀光剑影的世界

老篾匠

他每天坐在家门前的草棚里
在一成不变的时间
破开一根根长长的圆竹
然后三下五除二
把无数柔软的篾条
穿梭成筷子笼，菜篮子，针线篓
还有压迫脊梁的背箩
和挑星星和月亮的箩筐

他破开的竹子不计其数
但他从来不破开团圆的节日
不破开和睦的家庭
他破开竹子，是为了
编织出更多圆圆的日子

所有苍老粘贴在脸上
所有艰辛收藏在老茧里
他可以一整天不说一句话
实在疲劳得睁不开眼睛

就斜靠在草墙上
用非常独特的姿势打一会儿盹
有时候，也会停下手里的活计
欣赏一阵子远方朦朦胧胧的山峦

在他眼里
除了白天与黑夜，狂风与暴雨
世界永远是宁静的
他把苦难和幸福，眼泪和汗水
都在慢慢流逝的岁月里
编织成了生命中最耀眼的风景

地头的茅屋

这片倾斜在半山腰的坡地
父亲用整整一年时间
开垦出来，秃头的锹和镐
还有十几个破烂的箩筐
被父亲收藏在地头的茅屋里
成为锈迹斑斑的展品
每天，父亲都会坐在
地头四面透风的茅屋里
望远方起伏的山峦
回忆多年前
开垦这片坡地的故事
那些故事里
父亲像蚂蚁一样
来回搬运日出日落
野兔坐在地头卖弄风骚
苍鹰降临茅屋尖叫长鸣
坡地开垦出来后
父亲思来想去
决定种植洋芋和玉米

在轮换着种植洋芋和玉米的同时
也轮换着种植生命的春夏秋冬
久而久之
地头四面透风的茅屋
成了他命运的落脚点

磨刀人

他坐在楼前的石榴树下
姿势像个玩泥巴的孩子
从中午到下午
只磨了一把菜刀
阳光把他的影子
从左边的草地
慢慢拖移到了右边的石头上
时不时吆喝的"磨刀啰"
开始还非常响亮
后来越来越有气无力
我甚至感觉到
他对今天的生意已经彻底失望

我放下手里的书
找到两把平时不用的菜刀
微笑着交给了他
几分钟后，两个女人
分别从不同方向走过来
把两把菜刀交给了他

又过了几分钟
一个男孩和一个女孩
手牵着手，蹦蹦跳跳跑过来
把两把菜刀交给了他

面对六把菜刀
他的兴奋溢于言表
"霍霍"的磨刀声
越来越紧凑，越来越响亮
好像生活在他面前
突然拉开了一道温暖的门
这时候，我发现斜阳
又把他的影子
拖移到了另一个更大的石头上
但他磨得更加起劲了
仿佛要把一整天的苦闷
磨得灰飞烟灭
把所有日子
磨得团团圆圆

我的山水

Chapter 02

山居笔记

稻草人

模样改变不了命运
但可以蒙混过关

不用监督，玉米地里
它一站就是几十天
直到玉米，完全变成
它的颜色，它的姿势
它的最后归宿

有时候，有些事物
看得清内心，看不清表面

没有语言，它照样可以
圆满完成语言之外的使命
而且，从来不改变形象
只有风雨来临之际
它会轻松自如挥一挥手

我终于明白

为什么，没有思维的人
也能完成，有思维的人
不能完成的使命
这是因为，它们能够
同时看清楚
事物的内心和表面

登云寺

寨子名叫登云
登云寺藏在寨子的历史里

很久以前，一个和尚
从这里腾云驾雾而去
和尚走了，名字走不了
暮鼓晨钟消失了，传说还在继续

登云寺在传说里活得无可奈何
文人墨客们总是把它
泼上浓墨重彩之后
又清洗得干干净净

现在，寨子里还有人说
有时候，深夜里还听得见
和尚念经的声音
整个寨子，仿佛悬浮在夜空中

哦，传说和现实

原来相隔只有薄薄的一张纸

故乡的小石桥

见证过无数轻重不一的脚步
走向晨光或者斜阳
见证过无数南来北往的马帮
流连忘返于两岸的身影
见证过挤满山谷的洪水
鬼哭狼嚎，呼啸而过

沉默是一生一世的诺言
所有悲欢离合
与你无关

牵着牛走过的男人
是我父亲和父亲的父亲
背着犁走过的女人
是我母亲和母亲的母亲
他们都是与你血肉相连的亲人
你以千年修炼的成果
祝福着我的故乡
保佑着我的亲人

我的故乡和我的亲人
永远是你相依为命的恋人

看见过无数风花雪月
经历过无数刀光剑影
闭一只眼，睁一只眼
永远与世无争
弯下的腰
保持不变的姿势
告诉我的故乡和我的亲人
挺直的腰，不一定站得稳脚跟
弯下的腰，也能承载历史使命
我的一代又一代的亲人啊
一辈子在你身上学会
弯下腰，为的是脚踏实地

寂寞也好
喧闹也罢
你用沉默迎来日出
你用沉默送走日落
在传说里守望
在神话里诵经

古庙

抖落所有私心杂念
在半醒半睡中
揣摩所有修行者的心思
我是其中之一
在我之前
已经有数不清的人
拜倒在你的脚下
在有意无意间
接受了你的沉默

经声回荡着昨天的夜色
祈祷的人，面无表情
眼睛幻化成凝固的尘埃
仿佛是用石头雕刻出来
但没有隐私

来的时候
我没有考虑过如何回去
太阳已经下山

一群又一群晚归的鸟儿
不停地飞越头顶肃穆的天空
我突然感到一丝忧虑
回去的时候
我会不会迷失在来时的路上

燕子

一声清脆的鸽哨
悄然滑过冬天沉闷的早晨
成群的燕子突如其来
它们在悬崖上起舞
它们在河岸边追逐
银色的翅膀
划出梦幻的蓝天
它们的啼唱
成为最新盛开的花朵

迷人的风景
遍布苍茫大地

天空是燕子的
杨柳是燕子的
微风是燕子的
清澈的河流是燕子的
鲜艳的花朵是燕子的
甚至，所有屋檐

也是燕子的
甚至，整个春天
都是燕子的

草海

草海之外的草海，很小

在外人眼里

草海是个养得活几条鱼儿的池塘

草海之内的草海，很大

在我们眼里

草海是个淹得死大人孩子的大海

我们的山寨

像个面容甜美的姑娘

坐落在草海南边的山坡上

漫漫长夜里，美梦像满天星光

被草海的波浪洗得洁白无瑕

每天早晨，太阳

从草海东边的竹林升起

慢慢地，把整个草海

拥抱在温暖的怀抱里

男人们吆喝着牛

耕种在山坡上

耕种在草海里

女人们赤脚挽袖

在草海边洗衣浣纱
一遍遍在草海里摇晃
山寨长长短短的日子
草海很小，小得扬起浪花
淋不湿一双城里人的眼睛
草海很大，大得蓝天白云
全都装进了温柔的怀抱里

我听见了白鹇鸟的啼唱

黄昏，山梁上
我听见了白鹇鸟的啼唱
一只，两只，三只
一声声被银水浸透
恍如隔世的啼唱
穿越犹如秋叶的岁月
回荡在晚风吹拂的密林里
它们来自和平的天空
它们来自宜人的环境
这是消失了几十年的啼唱啊
这是天籁
黄昏都为之陶醉
像分别之前的恋人
徘徊在金色的山梁上

我听见了白鹇鸟的啼唱
在黄昏的山梁上
一只，两只，三只
虽然看不见它们的身影

但我知道，它们已经解脱
追击的猎枪，蚕食的岁月
那些不堪回首的日子
已经远离它们
现在，森林属于它们
早晨和黄昏
属于它们
所有自由，在它们
仿佛天籁的啼唱中
花朵一样盛开

雨，一直在下

雨，一直在下，有些
落在窗外，一滴一滴，排列整齐
淋湿那些落单的飞燕
有些，下在梦里，一片一片
淋湿那些迷茫的眼睛
更大，更疯狂的雨
落在我心里，时断时续
淋湿穿越星空的呼唤
阳光，灿烂在远方
温暖鲜花盛开的大地
姗姗来迟的风
裹着纷纷扬扬飘落的叶
踟蹰在被寒冬清洗之后的视野
我听不见任何声音
雨，在声音之外
在我寂静而虚无的心里

三只松鼠

首先，它迅速爬上了窗外的梨树
在到达最高的树杈之前
回头估算了一下树的高度
然后，它甩动两下尾巴
跳到了距离我的窗口最近的树杈
跳跃的姿势，优美而潇洒
尾巴把一片婆娑的树影
摇晃成了细碎的阳光
这时候，我又看见
另一只松鼠也迅速爬上了梨树
沿着第一只松鼠的线路
来到了距离我的窗口最近的树杈
两只松鼠相互对视了一眼之后
它们之间的距离，迅速缩短
可是，就在此时此刻
随着第三只松鼠迅速爬上梨树
两只松鼠的一切等待和期盼
就像擦肩而过的两列火车
瞬间消失得无影无踪

三只松鼠都发出尖利的叫声

在梨树上激烈追逐起来

天空和大地，随着它们的追逐

在我眼里旋转成一个遥远的世界

我已经分不清哪是第一只松鼠

哪是第二只松鼠和第三只松鼠

但我知道，它们的追逐

是短暂的，一旦回到地面

它们就会摒弃前嫌

过上相互偷取果实的日子

在平平静静的时光里

等待下一次展开的更加激烈的追逐

鸟儿与落叶

首先是一只鸟儿的啼唱
在梧桐树金黄的叶丛里
寻找着春天的身影
然后是一群鸟儿的啼唱
摇落一树缤纷的落叶

鸟羽飘来飘去
在落叶之间
飘成风，飘成梦
飘成比落叶更轻松的阳光
已经从寂寞的缝隙里
钻出来的鸟儿
抖落身上多余的羽毛
用啼唱声编织着
下一个春天的风景

当落叶变成鸟儿
春天已经离我们很近
温暖，触手可及

这时候，我们不再害怕夜晚

不再害怕寂寞

因为鲜花已经准备盛开

悬崖上的君子兰

我首先看见的是
一只盘旋在悬崖上空的苍鹰
而后看见的是
一只在悬崖上跳跃的小松鼠
一阵微风过去
我突然看见了几朵盛开的君子兰
还有一群围绕着它们
上下飞舞的小蜜蜂
斜阳里，橘红的君子兰
就像几滴溅落的血
耀眼，高贵，又有一丝丝
还难感觉到的孤独
那只苍鹰一直在悬崖上空盘旋
巨大的翅膀，炫耀着
永恒的灵魂
我相信它早已看见了
悬崖上的君子兰
而我，才刚刚看见
我只希望，我是
最初和最后看见的人

奔跑的马

起伏的山梁上
一匹马在疯狂奔跑
长长的鬃毛在树影里
穿梭成一条生动的流水线
山峰因马的奔跑
改变着高低
天空因马的奔跑
移动着位置

啪嗒啪嗒的马蹄声
扩展出一望无际的旷野
云朵飘扬，俯瞰马的身影
逐渐深入一个古老神话

起伏的山梁上
一匹马在疯狂奔跑
神话随风而去
天地交融一体
空灵的身躯

撕开一片片凝固的时光
把所有风景
浓缩成历史的苍茫

消失的山路

山路突然消失
我的童年
紧跟着淹没在
透明的晨光里
我看见
跌跌撞撞的岁月
冲破杂草丛生的荒野
在我面前铺展开
一条条游龙似的道路

蓝天阳光流淌
大地风景起舞

山路突然消失
鸟鸣铺天盖地
我看见
一群飘扬的身影
掠过峡谷
穿越深山

正在演出一幕
流光溢彩的喜剧
所有的山峦
披着云霞
在视野里若隐若现

河流蜿蜒向东
青山招手致意

樱花在寒冬盛开

我看见风的翅膀

在光秃秃的山岭上呜咽

天空依然清净

寒冷不是唯一存在

樱花迫不及待

盛开在寒冬一阵一阵的颤抖里

血红的花瓣

成为滴落大地最美的泪花

我听见春的呼吸

在寒冬的内心里

悄然萌芽

太阳不停地变换着笑脸

樱花盛开的姿势

一片一片

有条不紊

撕开着大地的风衣

越来越近的龟峰山

龟峰山在县城东面
五十年前，离县城十五公里
五十年后，离县城五百米

离县城越来越近的龟峰山
使我足不出户
也能一眼看穿它的本来面目

距离使龟峰山拥有了神话
距离让龟峰山失去了神话

大西山

我想去一次大西山
即使很多年前我已经去过一次
我想看看那棵山楂树上
还有没有杜鹃在啼血

我还要爬上那个猛虎化身的石头
感受什么是骑虎难下
但我不想说穿其中的秘密
我会变换着姿势
瞭望前后左右
我不会放过
一朵白云，一个鸟影，甚至
一片落不到地面的叶子

我想，这时候，我的心是空的
里面除了风，再也没有其他东西

这么多年没有看见大西山
我的孤独和煎熬

只有我的梦知道
所以，我要像抚摸美女肌肤
抚摸它的全身
丰满的部位可以忽略
贫瘠的地方，一定要用
最纯洁的泪水洗净忧愁和伤痛

我会在太阳落山之前
收拾起最好心情
离开大西山
最后的晚霞，将会降落在
一个崭新的梦里

樱桃成熟的季节

一树橘黄
密密麻麻的颗粒
挤满季节的空隙

偶尔有鸟飞来
饱餐一顿，摇晃一下树枝
展翅飞走，不留下一点声响
不需要任何理由

饥饿，没有时间界限
深夜里，山鼠，猫头鹰
还有很多大大小小的小虫儿
就像在自己的乐园里
来来往往
并且做到互不干涉

因为樱桃成熟
这个季节温暖了所有生命

护城河

水都流回到很久以前
某个电闪雷鸣的夜晚去了
河床里，几只狗在来回溜达
好像寻找着一些难以触摸的阳光碎片
乱石成堆，没有一个有模有样
孩子们嘴里喊着护城河
却不知道护城河是什么意思
我知道，但我喊不出口
这三个字，像一群蚂蚁
在我心里一直挠痒痒

护城河护住了一段历史的青春
护城河护住了一个名字的坚硬

每当阳光洒满河床
成群的鸟，就会飞临河的上空
这时候，它们用五颜六色的翅膀
从河床上的乱石堆里
煽起一个又一个没有被水浸湿的故事

在那些故事里
有些人成了一滴水的灵魂
有些人成了一滴泪的印痕
我只负责传播这些故事
不负责故事是否真实可靠

一只流浪狗

几乎每天都在同一地点看见它
张扬着一脸等待情人的表情
站在靠近香樟树的垃圾桶旁边
注视来来往往的人流

一身金黄色
黄得耐看，黄得无语

我想，它应该有一个亲密伙伴
它们白天一起走街串巷
夜晚依偎着喃喃自语
打发一些可有可无的日子

然而，事实上
它从来没有一个伙伴
它的孤独，像风
到处流浪，最后流浪成
忽明忽灭的灯光

我担心有一天会看不见它
我和它之间，没有任何牵挂
我和它，在时间的河流里
是两片永远不会碰在一起的叶子

流浪狗，我只佩服
你一辈子行走
不想留下一个明显脚印

夜游的野猫

有个夜里，我坐在星光下
试图和夜游的野猫对话
但没有成功
野猫站在大约五米之外的星光下
与我对视了几秒钟
然后，溜之大吉

后来，我还在寻找机会
准备与夜游的野猫对上话
我不会打听它的身世，或者来历
我只想知道，对它来说
有星光的夜晚与没有星光的夜晚
差别有多大

夜游的野猫，玩的就是野
很多年前，我曾经像拔毛一样
拔去过它身上所有野性
事实证明，野性永远拔不干净
野性是驻扎在它灵魂里的星光
唯有野性，它才成其为野猫

蝉鸣

看不见蝉
因为到处都是蝉

整个夏天
薄如蝉翼

如果没有蝉鸣
我可能永远接近不了夏天

在泛滥成灾的蝉鸣声里
石头总是被热风吹成棉花
我想离开蝉鸣
蝉鸣不想离开我

命名石

用你来命名

命运的硬度和软度

就会恰到好处

你是星宿演变而来

一只公鸡的血

滴落在你身上之后

小生命健康成长的祝愿

就已经落地生根

从来没有人计较你的沉默

生死之间的界线

在你面前

永远不会倾斜

我们所有的祈祷

依靠你来硬化

我们除了拥有日月星辰

你就是命运中最明亮的灯光

你不仅存在于虚无的宿命

还存在于真实的世界

遥想杜甫

一千二百多年前的一个深夜
杜甫站在草堂门口
仰望被蛙鸣声洗得洁白的月亮
杜甫想起了故乡
想得很深，很沉
深到骨子里，沉到血液中
两行清冷的泪
在脸颊上寻找思乡的岁月
杜甫微微低下头
看见几条无声无息的鱼儿
在池子里追逐着月亮
他仿佛听见鱼儿在说：
"身在此，心在彼
风花雪月难入眠"
他点了点头，说：
"世界很大，我能走出去
故乡很小，我却离不开"
眨眼睛间
明月西沉

杜甫抬起头，望一眼明月
转身回屋，仰身躺下
整个夜晚终于安静下来

逃亡的蚁群

巢穴轰然陷落在雨水里
蚁群开始逃亡
一路向上

整个世界也陷落在雨水里
雨滴越来越大
在地面上砸出无数大坑
蚁群一往无前
逃亡不是唯一选择
一路向上
才是根本目标
信仰里的家
永远温暖着灵魂

巢穴陷落之后
蚁群终于意识到
在这个世界上
没有一个家是永恒的

野兔跑过原野

我首先看见
一个像风一样迅疾的影子
稍纵即逝
整个原野沉寂在草丛里
阳光静止
绿色，在草尖上汹涌
云朵是虚幻的
山峰是虚幻的

野兔跑过去之后
草丛稍微摇晃了一下

我突然发现
原来是我的脚步声打破了宁静
我觉得它们应该成双成对
耐心等待中
山风越来越密集
草丛里偶尔飞起一两只虫子
我相信这不会是最后一只野兔

或许，它们已经相聚在一起

我知道，无意中
我入侵了它们的世界

在尼念本山上看风景

拉嘎放下所有心事
脸颊泛红
山峰摇摇晃晃
眼睛像两道古老裂谷
挤开朦胧岁月
尽情享受时隐时现的风景

之逑站在拉嘎身后
左手扒拉着脸上的蚂蚁
仿佛指点江山
纠正拉嘎眼里出现的视野
之逑不断眨着眼睛
时不时看一眼身后的几个空瓶子

我一言不发
尼念本山飘飘忽忽
好像置身于海浪之上
我与拉嘎和之逑保持着一定距离
他们两人的声音

使山野的景色变得更加空旷

拉嘎看见的风景
之逶看见了吗
之逶看见的风景
拉嘎看见了吗
我看见的风景
他们两个是否看见了呢

其实，心灵看见的风景
永远比眼睛看见的风景
更清晰，更壮观，更永恒

树上最后飞走的鸟

黄昏说来就来
孤独发生在鸟群起飞之后
我什么也没有看见
树正在改变颜色
我不想驱赶所有苍凉
因为我突然发现
还有一只鸟没有从树上飞走
只是停止了啼叫

就是这只鸟
见证了黄昏降临后
我必须承受的孤独

我从来不惧怕黄昏
黄昏最新出现在酒杯里
我的茅屋
越来越温暖
每一根草
都在阻挡着寒冷

孤独，在火塘里哔叭燃烧
门口一无所有

我毫不怀疑
树上最后飞走的鸟
明天早晨最先回来的
一定还是它

我的家园

Chapter 03

山居
笔记

泉溪村

走近了，你会发现，村子面临的
不仅是一条溪流
溪流下面
还有一片悬崖
悬崖隐藏在树林背后
荒草丛生
偶尔你会发现
一只，或者两三只松鼠
明目张胆闯入村子
偷吃悬挂在墙壁上的玉米
就像饱餐自家的储备粮

村子所有的宁静
来自哗啦啦流淌的溪水

离开后，你会觉得，泉溪村
是个能让你一辈子
都不会忘记的地方
鸟的啼唱，风的清爽，人的古朴

甚至一棵树的绿
一个石头的静
都会进入你最美的梦
它面临的悬崖
永远隐藏在
看不见的密林背后

听见蛙鸣

月光下听见一片蛙鸣
开始是一声
而后两声
接着三声
突然响成一片
月光黯然失色

我站在月光里
蛙鸣比月光更遥远
梦很清醒
夜风抚摸着我的眼睛

已经不用看见
任何一只青蛙
拥有蛙鸣
我就拥有天籁
这些此起彼伏的响声
纯净得使月光黯然失色

临江独立

水在缓缓流淌
不流淌的水
已经藏在黑夜里
阳光照耀温柔水面
涟漪洞穿我眼睛
倒映的楼
比山还高
比水更深
我是楼下行人
此时此刻
我背靠坚实的墙
送行南来北往的车流
我只想化作一朵云
飘过江面
带走一切寒冷
飘过高楼
驻足山峰
然后，面对小城
喊一声，我们是
情同手足的兄弟

水中白鹭

水中白鹭站在一块石头上
一动不动，眼睛死死盯着水面
一个小时过去
两个小时过去
白鹭以站立姿势
诠释了耐心的全部内涵

我想，白鹭已经准备好
站立成一个洁白无瑕的石头

白鹭终于啄到了一条鱼
我看见它的身影在水面上越来越小
最后浓缩在脚下的石头上
然而，白鹭站立的姿势
丝毫没有改变
所有流水在它眼里都是透明的

我想，白鹭站立成石头的愿望
一定能够实现

印象塔冲村

所有的窗口都是圆形的
像空洞无神的大眼睛

老人们坐在屋檐下晒太阳
非常享受的表情
一目了然
整齐的桃树和李子树
保持着行走的姿势

走过身边的狗
懒得看你一眼

宽敞的街道
在刺眼的阳光下
空空荡荡
我踏着自己的影子移动
我试图超越影子
但是没有成功

走进塔冲村之后
我才知道，在这个世界上
清净是如此简单
如此缥缈

橄榄甸

橄榄甸像个待字闺中的美人
静静地坐在绿汁江北岸的群山上
银白的瀑布
仿佛千年不腐的飘飘长发
茂密的森林
恰是五彩缤纷的百褶裙

橄榄甸里没有橄榄
它的名字浮沉在云雾里
它把山寨和地点
非常贴切地融进了风雨飘摇的年代
因此，我还是相信
橄榄甸里曾经有过太多的橄榄
先苦后甜的感觉
一直记忆犹新

橄榄甸花开四季
每一朵云彩都演绎着神话
每一只鸟儿都穿越着神秘

橄榄甸在古老中青春焕发
每一阵风过
都留下崭新的脚印
橄榄甸，在没有橄榄的时代
铭记着一个脱胎换骨的寓言故事

彝寨凤窝

凤凰已经起飞
在我从群鸟飞舞的天空
坠落之前
有别于群鸟的凤凰
飞出了我的视线
飞出了古老神话

啼鸣划过天际
群山仰望着星空
河流排列整齐
在东方最灿烂的黎明
汹涌澎湃
我突然发现
牛角号已经划破沉寂的山野
把山与山之间的距离
把水与水之间的距离
缩短在一个
温暖如春的平面上

已经没有人愿意离开凤窝
所有睁开的眼睛
看见了凤凰起飞
爱情，不再泛滥成灾
一颗心映照着另一颗心
一双手紧握着另一双手

远处的伐木声

声音尖锐得如同
天空被撕裂
看不见一个人影
但我感觉到了树木倒下时
大山的颤抖

声音离我很远
声音带来的疼痛
使我欲哭无泪

一百只鸟儿
失去自己的森林之后
可以飞到另一座森林里
一万只鸟儿
失去自己的森林之后
还找得到栖息的森林吗

伐木声撕裂了天空
还在撕裂着比天空更高远的
千万个森林梦

父亲和他的稻草人

左边山地栽种玉米
右边山坡栽种荞麦
稻草人张开双臂
站立在明媚的阳光里
玉米和荞麦
在风中起舞

父亲戴了多年的草帽子
稻草人戴得有模有样
母亲穿了多年的破衣服
稻草人穿得舒舒服服
稻草人终于把父亲和母亲
结合在一个无语的世界里

树上的鸟儿
诚惶诚恐
保持着可以逃跑的距离
稻草人与鸟儿之间
风景依旧

我多么希望自己能成为
一个有灵魂的稻草人
这时候，我就会知道
天空里所有鸟儿的饥饿
其实就是我的饥饿

螺泉

出水口在岩石缝隙里
水很柔软，但非常拥挤
螺形岩石，巨大而深沉
压迫着我不敢展开的想象
岁月最古老的呐喊
在它身上神话为波浪

首先有了螺泉
然后有了螺泉山寨

传说是传说的根据
巨大的岩石，镇守着巨大的螺
柔软的泉水，顺势而出
清洗干净我祖先茹毛饮血的历史
把流水的声音
像阳光一样倾注心里

喝过螺泉水之后
我已经相信了大海的辽阔

我知道，我不可能永远居住在
小小的螺泉山寨
说不定哪一天
我在螺泉山寨的思念里
变成一个巨大的岩石
或者一个生了锈的螺

三眼井

三眼井在我家房子背后
那面怎么看都感觉歪歪斜斜的坡头
很多人知道这个地点
不知道这个名字
如何而来

三眼井里，其实只有一眼泉水
听说，一百多年前曾经干枯过一次
干枯之后，发生了大地震
很多人死了，还不明白怎么死
剩下的人，用了一个多月时间
才把那些已经在寒风中
遗忘了人间冷暖的尸体
送到了没有恐惧和痛苦的
另一个世界

我和家人都喜欢喝三眼井里的泉水
边泡茶品尝
边叙述三眼井的故事

在众多三眼井的故事中
彝族猎人拉玛，在这里
为猛虎拔除脚掌尖刺的故事
流传得最为广泛
而且，很多人毫不怀疑
自己就是从那个故事里走出来的

在远离县城的龟峰山下
三眼井一年四季热闹非凡
从我家门前经过的山路
带给我们家的不仅是欢声笑语
还有像三眼井里的泉水
穿越无数风雨岁月后的祝福

亚尼河

1

我从源头出发
站在晨雾中时隐时现的老乌岭
看见旭日东升之后
顺流而下
巨大的石头
像刚刚穿过暗夜的羊群
蠕动着裸露在河床上

时间静止在流水里
静止在七溪山寨美梦初醒的微笑中

我准备好用一天时间
走完亚尼河在峨山境内的全程
途中,不会绕开险滩和激流
亚尼河是有灵魂的
它的源头就在
圣火之地大西山上

我曾经站在大西山巅峰

眺望过南来北往的云朵

这些云朵永远都在飞翔

从这个梦飞到那个梦

从这座山峰飞到那座山峰

我最感动的是

云朵飞过亚尼河上空时

掠过河面时柔如棉絮的影子

2

出发之后

我一路向南而行

在经过迭白水瀑布时

我目测了瀑布的高度

还有广度和深度

我还分析了关于瀑布来自

一个美丽姑娘在殉情之前

流下的眼泪所形成的传说

我相信有爱情和情歌的传说

即使这些传说已经生锈

我也愿意用一片痴情

擦干净这些锈迹

每个地方我都不能停留太久

我必须在一天的时间

走完亚尼河在峨山境内的全程

开始出发

我知道，很可能

一天时间，我走不完

亚尼河在峨山境内的全程

但我认为

一条真正意义上的河流

它不仅存在于视野里

不仅存在于

春天或者冬天

更重要的是，它是否流淌在

你一辈子离不开的梦里

你一生一世思念着的灵魂里

猊江渡口

一百年前的鱼
游在一百年前的水里
一百年前的月光
照在一百年前的渡口
一百年前的波涛
翻滚着一百年前的故事

废墟与繁华
没有距离
只有重叠
正如睁开眼睛之后
你想看到的和不想看到的
都会一起到来

我在猊江渡口徘徊了一天一夜
我想寻找点什么
又不知道应该寻找点什么
徘徊过程中
我似乎听见了艄公的山歌

听见了，来往人员的喧哗

我突然感到
猊江渡口已经凝固在遥远的寓言里
它不想再次醒来
它活在我的想象之中
寂静是它栖息在岁月里的火焰
清醒者自然清醒

凌霄楼上的雪

从高处跌落
姿势优美得如同飞天仙女

真正的雪，破碎不了
破碎的是那些落地时
没有站稳脚跟的雪
我没有看见过
比凌霄楼上的雪
更暖人心的风景
它想接近大地
它融化了自己花朵般的容颜
以液体的形式
回归沉寂
我相信，在这个世界上
没有比这更伟大的葬礼

一声咳嗽
雪就破碎了
剩下的是心里的景色

还有凌霄楼唯一的神话
我不想知道更多雪的秘密
我只知道，孤独
是我们望尘莫及的
雪的纯净

在真正的雪面前
没有寒冷

我没有看见过
比雪花飘飘的凌霄楼
更具梦幻色彩的风景
但我知道
越想拥有的东西
破碎得越快
雪，亦然

丢失的羊群

一个大雾弥漫的正午
我把奶奶留给家族的羊群丢失了
咩咩的叫声突然消失
山野里顿时一片沉寂

我不敢走进雾海里寻找
我不知道如果自己也丢失了
结果会怎么样

我也不敢肯定
羊群是否真的丢失了
它们会不会跟着奶奶
到另一个世界去了
我在草地上坐下来
闭上眼睛想那些熟悉的羊的模样
想着想着，羊的模样
越来越模糊
最后，不敢再想下去

我只能等待天慢慢黑下来
那时候，才能确定
奶奶留给家族的羊群
在我手里是否真的丢失了

落叶记

1

在此之前
我没有面临过落叶缤纷的
练江南路，中午十二点
眼前所有车辆和行人
淹没在密集的落叶之中
哗啦啦哗啦啦的响声
让我无所适从
满大街天赐的金黄
不是耳闻目睹
以为天外有天

2

一片落叶
可以无声无息飘落
可以不惊动任何事物
哪怕一块巴掌大的地方
哪怕一只小小的虫子

我看见过一片飘落在鸟巢里的落叶

当它像一个毛茸茸的梦幻

缓缓飘落在两只毛茸茸的

小鸟身上时

我的心颤抖了一下

后来，我一看见

旋转着缓缓飘落的叶子

就会祝福它

漫长的沉寂过去

春天就是它的家

3

我喜欢冷冷清清

或者跌跌撞撞，踉踉跄跄

飘落的叶子

不习惯看见成群结队飘落的叶子

一片，或者几片

陌生与陌生之间飘落

才是它最理想的结局

我认为，在这个

遥远而又活生生的世界上

再也没有比叶子旋转着飘落的姿势

更优美，更寒冷，更寂寞

也更充满奉献精神的事物

4

现在，我终于看见落叶缤纷
在我居住小城的练江南路
落叶把 3 月 9 日的整个中午
镀上了一层飘飘摇摇的金
这不是割据势力
至少我认为有落叶的地方
要比没有落叶的地方
自然，干净，热闹，疯狂
一年四季，分得清清楚楚
不像人世间，人死后
把生前的悲欢离合泣诉一遍
把所有幸福送给逝者
把所有苦难留给自己

戈嘎山寨的春天

我毫不犹豫把影子扎根在
大西山北面的斜坡上
因为我看见了
云雾缭绕的戈嘎山寨
已经被一团绿叶覆盖
花瓣在绿叶之上飘扬
绿叶之上，苍鹰在翱翔
首先是一只
接着是两只
它们没有成群结队之前
戈嘎山寨上空
寒气逼人

戈嘎山寨的春天
与冬天无关
与枯叶无关
与寒冷水火不容
戈嘎山寨的春天
与鸟啼有关

与蜜蜂有关
与青草的萌芽息息相通

一看见寨门前盛开的马缨花
我就已经深陷在
戈嘎山寨的春天
我就知道，每个坐在
土掌房上晒太阳的老人
都会成为我的亲人
每个背着背篓采茶回来的姑娘
都会成为我的情人
除了倾听花朵呢喃的祝福
我还要坐在姑娘房间的窗口下
等待月光洒满大地
哪怕只有一个夜晚
我也要静下心来，萌芽一次
比天籁更纯净的欲望

戈嘎山寨已经被一团绿叶覆盖
我的心已经被戈嘎山寨颠覆
蓝天里的苍鹰
用翅膀梦幻出了春天所有风景
翩翩起舞的蝴蝶
小心翼翼把春天的颜色
喷洒在戈嘎山寨的早晨和黄昏
除了戈嘎山寨的绿叶

我不想再去亲近
任何一片叶子

老鹰岩

晨光一闪而过
巨大的巢穴
裸露在遍体鳞伤的岩石上
千万年无法风化的悬念
垂直而下
似醒非醒
似是而非

神话主宰着一切
神话用神话的风衣
赞美着神话的世纪
面对沉沉浮浮的岁月
岩石纹丝不动
只有鹰的影子
在想象之外的天空里
苦苦寻找着岩石盛开的鲜花

该沉睡的已经沉睡
该醒来的已经醒来

该逃亡的已经逃亡
该回归的已经回归
老鹰岩，在神话的浓雾里
用异常坚硬的声音
等待着鹰的起飞

啄木鸟

不是为了啄木而啄木
也不是纯粹发泄一己之私
它看见的害虫
我们看不见
它用与生俱来的仇恨
啄死隐藏在树木里的柔软的害虫

不管白天黑夜
啄，就是它的使命
不管我们相信不相信
就是把喙啄出血来
它也无所畏惧

它啄出的洞口
只装得下自己
它不会轻易放弃
胜利果实
它会一直把守住洞口
让里面柔软的害虫

胆战心惊，度日如年

啄木鸟，它要啄死所有害虫
啄出一树的绿
啄出一山的绿
啄出一个绿的世界

请客天然居

曲径通幽处
朋友骑马翻山越岭而来
身上的尘灰已被汗水
清洗得一干二净
热情拥抱之后，我们分别落座在
两个棱角分明的石头上

天空一片湛蓝
几只鸟儿追逐着掠过头顶
我们同时接住了飘落的羽毛

语言是多余的
举杯畅饮才能找回失去的时光
朋友唱起了山歌
歌声缠绕在
四周盛开的花瓣上
我们天然而居
世界变得越来越小
越来越陌生

分别是免不了的
我们只能珍惜现在拥有的时间
并且描绘好下一次相聚的气候

荒野与兔子

我现在是一只
自愿流浪荒野的兔子
我知道自己已经成为
很多食肉动物的猎杀对象
在它们眼里，我的生命
渺小如一只蝼蚁
只能是它们填饱肚子的美餐
但我不会放弃
一丝一毫生存下去的希望
我要在奔跑中寻找出路
在奔跑中避开所有死亡陷阱
我还要在暴风雨中
保持清醒的大脑
用雪亮的眼睛辨认清楚
谁是我的朋友
谁是我的敌人
我不愿成为任何死神的俘虏
处身于危机四伏的荒野
我不相信花朵的鲜艳

不相信青草的碧绿

不相信天空的蔚蓝

不相信潺潺的流水

每时每刻，我都提心吊胆

用天生灵敏的耳朵

倾听潜伏在风声里的

那些罪恶，现在

离我还有多远

我心里非常清楚

我只能在逃亡的奔跑中

学会用荒草的颜色

掩盖真实的自己

随时准备钻进正好容纳身体的洞穴

屏息静气，在黑暗中

想象出一个和平安全的世界

我必须保持完美的信念

相信自己的求生本能

我知道，生命的坚强

只能来自一颗

永远不畏惧千难万险的心

我还知道

我的每一次奔跑结束之后

我会获得又一次新生

窗口里的飞鸟

比窗口更大的天空
在飞鸟眼里
飞鸟眼里的世界
缥缈如烟

不是翅膀托起飞翔的欲望
不是只有飞翔需要翅膀
飞鸟之所以成为飞鸟
是因为天空充满了欲望

不是窗口太小
飞鸟永远飞不出去
而是窗口太大
飞鸟无法飞出去

飞鸟其实不在窗口里
窗口里也没有天空
飞鸟眼里的天空
在大地之上

在众神环绕的峰峦之上

飞鸟起飞后
窗口已经容纳了
所有天空的虚无
所有飞翔的欲望

暴露在山梁上的亭子

众鸟飞尽
落叶飘零
茅屋对面的山梁上
孤零零的亭子暴露无遗

羊群匆匆忙忙离开了
牛群慢慢悠悠走来了
山风，像母亲
摇晃即将入眠的孩子
轻轻摇晃着天空
和亭子旁边的灌木林

亭子躲藏在森林时
我和我的茅屋
在孤独的怀抱里
享受着温柔
我知道，这个
热闹得无法理喻的世界
有时候，孤独

是盛开在想象里的花朵

在山梁没有成为沙漠之前
至少我和我的茅屋
不会陷入宿命的陷阱
因为，热闹不需要细节

宝珠村

它不隐喻名字本身
坐落处更是令人望而生畏
触目惊心的悬崖峭壁
诠释着所有风雨岁月

如今，村子就要搬迁
村民们整天沉默着
不说依恋和怀旧
也不谈从此改变命运
男人们用板锄挖掉了
种植两三年的珍贵药草重楼
用斧头砍伐了几百年来
舍不得掰断一根树枝的红椿树
女人们默默打扫干净房屋所有角落
孩子们联手捕捉着野外放养的鸡鸭
不想就此告别的心绪
像老村巷道里来来回回的竹槽水
流走在一场又一场的回忆里

我不用知道
他们要搬迁到什么地方去
但我知道，从此以后
他们的命运已经改变
村子也将名副其实

其实，也不用带走什么
一切都会失而复得
一切都会自然而然
而且，有了依恋和怀旧
日子会过得更加美满

三台坡

这是一条在时间的河流里
隐瞒了很多探险者的峡谷
三台坡在峡谷中部
不知何年何月何人开凿的
一千一百一十一个石阶
一线通天
石阶两边的草木
已经把天空解压成
稀稀疏疏的筛子

爬完一台坡
峡谷晃荡在一片片雾海里
爬完二台坡
飞鸟成群，视野迷迷茫茫
爬完三台坡
云霞缤纷，大地苍茫如海

我突然发现
这里应该就是

最适合神仙居住的地方
而我，可能已经接近了神仙
如果死心塌地不再走出
这条隐秘的峡谷
我也将成为一个神仙

含羞草

拒绝触摸
拒绝一切不怀好意的眼神

它们用素颜
解释生命
用相依相偎
守护家园
当星空织起无数梦的眼睛
它们不再含羞

在这个世界上
我没有见过比它们更纯洁的草

含羞不是它们唯一的象征
光明与黑暗之间
它们保持的距离是最标准的
我觉得它们最美的模样
就是把自己的面容
悄然隐藏起来的那一刻

火把节之夜

整个夜晚
刹那间被火把燃得通红
仿佛群星散落大地
我知道，只有燃烧的火
能够孕育大地的神灵

一双手举起了火把
一万双手举起了火把
一个长满羽毛的古老传说
在火把的光耀里复活
复活为光明的使者
复活为遥远的呼唤

圣洁的灵魂
在火光里跳跃
明亮的眼睛
捕捉着火的精灵
一个在火的生命里
燃烧梦想的民族

就在此时此刻
把生命融入了自然之魂

在这个燃烧的夜晚
我知道所有传说
都在复活

齐云山寨

用最美的姿势
与云彩平齐
以名副其实的最高境界
孕育出一个古老山寨
峰回路转的美妙风景

我不是匆匆过客
我的生命之根
扎在它飘飘扬扬的云彩里
扎在它鸟语花香的岁月中
每一棵树，每一朵花
都存在于我所迷恋的
星空，或者梦想

即使电闪雷鸣的夜晚
我依然听得到
它诉说永恒神话的声音
即使贫困交加的日子
我依然看得见

它烙印在石头上的辉煌

故乡齐云啊
就让我躺在云彩里
真真切切倾听一夜
你仿佛天籁的心跳

彝族与火

燃烧的火
深藏在彝族人的骨髓里
星星点点的火
照亮着一条没有尽头的路

千万年来
彝族人孕育了无数神话
然后，又在神话的丛林里
深一脚浅一脚
摸索前行
身后的火
燃烧着祖先的呼唤
前面的火
照耀着灵魂的歌唱

当大地上火光冲天而起
古老的诵经声
穿越密密麻麻的认真
弥漫在所有夜空

于是，火焰撕开历史的伤口
在一片又一片倒伏的呐喊声中
释放出亘古不变的梦想

岁月的风暴从来没有停息
火，燃烧在每一个彝族人
生前死后的灵魂里
直到天地风光无限
直到风景到处流浪

在核桃箐野炊

在黎明前出发
一路前行
把黑夜一点一点
踩在脚下
达到核桃箐
已经旭日东升

破壳而出的核桃
遍布草丛
松鼠啃食核桃的声音
在山箐里驱赶着寂静

我们开始烧火做饭
一边杀鸡祭祀神话里的山神
一边把野菜煮成稀里哗啦的口水
一直都没有人发现
核桃树上一只羽毛红绿相间的鸟
在注视着我们的一举一动

用餐之前

我们唱起了一首古老的情歌

唱完情歌的时候

我和她都已经泪流满面

寿仙谷

在寿仙谷
我感觉到，我已经成为
传说中的一朵云
一朵飘浮在仙界里的云

千年古树
万年石虎
在世界最清静的地方
在我想象的峰峦之外
各自为阵
相安无事

所有的风
都在传说着一个故事
在这个故事里
人，可以成为一棵草，一朵花
一阵鸟儿的啼唱
一条溪流的低吟
甚至，一座高耸入云的山峰

一片纯洁无瑕的蓝天

我终于明白
一条能够容纳仙气的山谷
照样可以容纳一颗心的飞翔

路过松树营

三百多年前是军营

现在是山寨

松树没有改变生长的姿势

它们挺立在随风流浪的传说里

守护山寨一成不变的回忆

许多年前

一个伸手不见五指的夜晚

我在松树营山寨的某个火塘边

如痴如醉地听完了

一个彝族老人叙说的神话

在这个神话里

山寨周围的每一棵松树

都依附着一个

飘荡在刀光剑影中的灵魂

我不会堕落在神话里

我只是个匆匆过客

该离开时

　　我自然会离开
　　该回来时
　　我自然会回来

蝙蝠洞

蝙蝠洞位于茅屋背后
洞口龇牙咧嘴
使很多人望而却步
几次探访，我没有发现
一只蝙蝠

不过，每当夜深人静
蝙蝠仿佛从天而降
纷纷掠过茅屋上空
把星光编织成一张网
让我的梦透过这张网
抵达蝙蝠洞最初与最后的历史

昼伏夜出
是蝙蝠生存所需
而我有时候也昼伏夜出
这仅仅是因为我想看清楚
害怕阳光的蝙蝠
用什么姿势，在飞翔中

保持与夜空和大地的距离

我想，我几次进出蝙蝠洞
都一无所获
是因为我与蝙蝠之间
存在着认识自然方面的偏见

它甲瀑布

瀑布隐藏在我们寨子背后
那个名叫它甲的树林里
现在，瀑布与名字
已经没有多少牵连

听说很久以前
那里神仙出没
神秘莫测
每一阵风过
峡谷都会摇晃
后来，有个山外来的姑娘
在瀑布里洗了个澡
众仙从此销声匿迹

因为神话
它甲瀑布声名远扬
因为声名远扬
它甲瀑布热闹非凡

有些人一提到它甲瀑布
就会有意无意描绘一番我们寨子
他们都认为
夜宿我们寨子
一定会梦见神仙
并且，对此坚信不疑

神仙，不管存在不存在
都是令人向往的根源

花园箐

把一条山箐命名为花园
已经不必要再去跟踪
这是什么年代的事
也不必要再去查阅
这是谁突发奇想的命名

有人说，很久很久以前
花园箐里出现过百鸟朝凤的奇观
不管你相信不相信
这个传说，一直伴随着
山寨里生生不息的火塘
成为火焰，成为童话
成为山寨人梦想的灵息

我从来没有看见过
一朵盛开在花园箐里的花
当然，花园箐里的花
盛开在传说中
盛开在情歌里
盛开在遥远历史丛林深处

祭龙树

这棵树和其他树
没有差别
神龙附体之后
从此改变命运
因为在寂寞中保持尊严
它在风雨岁月里
与神灵一起承担起
守护一方平安的使命

看不见的龙
活在人们寂静无声的想象中
祭祀,是唯一选择
而且,只能选择一个日子
在这个日子里
所有人都要奉献出
一颗一尘不染的心

龙,成为神灵之后
这个世界,并不是平安无事

因此，人们在祭龙的同时
其实也在祭自己的宿命
并且期盼，有一天
靠神灵改变世界

悬崖之上

黑夜降临之前
苍鹰已经飞走
悬崖之上，寂静无声
天空，倾斜成汪洋大海

一棵树
期盼着和苍鹰一起飞走
但是，它的根
依恋着悬崖
在悬崖之上
它最终成为炫目的风景

我心中也有一片悬崖
它像母亲一样圣洁
每当苍鹰起飞时
我会想起天堂里的母亲

我想，母亲就在悬崖之上
苍鹰起飞之后

母亲就成为整个悬崖
无法篡改的回忆
我相信，苍鹰还会飞回来
就像那棵渴望飞翔的树
根，永远依恋着悬崖
因为，它们也是母亲的魂

桃梨花

看见桃梨花
找就会想起饥饿年代里
它拯救过来的和没有拯救过来的
那些脆弱的生命

在我家乡的梁子上
每年春天，桃梨花
都会率先盛开
小小的花朵，用三月的温暖
一簇簇，拥抱着仰望蓝天
有时，几只鸟儿，站立其间
在啼唱声中，让梦幻变成花朵

桃梨花不仅盛开在山野
也盛开在母亲苦涩的记忆里
那时候，阳光很暖和
天空一碧如洗
桃梨花，在微风中摇曳着
饥饿的人们，东倒西歪的命运

现在，桃梨花依然盛开在家乡的梁子上
作为野菜，食用不再是为了填饱肚子
而是接受大自然的馈赠

关于动物

我对草食动物
特别有感情
因为我属兔
不是胆小如鼠的兔
不是狡兔三窟的兔
倘若有机会，或者条件
我愿意演化为一只兔
一只像牛一样
敢于承担责任的兔

我将以兔子形象
在草食动物群里
拒绝一切诱惑
远离弱肉强食

我不想看见那些
嗜血成性的食肉动物
比如狮子，比如老虎
比如神出鬼没的狼

我总是在想
也许，是祖先积了德
我的属相避开了食肉动物

我不知道，在这个世界上
草食动物与肉食动物
之间没完没了的恩怨
是否会遥遥无期
或者，突然了断

老寨子遗址

雨后天晴
我在两座大山的缝隙里
梦游老寨子遗址
几根藤条
粉饰着山路踪迹
几点阳光
寂寞着断壁残墙

扒开荒草找你
撕裂鸟鸣寻你

我可以把老寨子
融化在梦里
我可以在那些
细碎的记忆里
还原它的容颜
但我无法把它隐藏在
清冷的影子里

揉碎岁月呼你
流浪灵魂唤你

梨树弯腰的过程

梨树弯下腰来
大风从它身上碾压过去
一对同林鸟惊飞而起
慌乱中，一只鸟顺风飞走
另一只鸟逆风逃亡

大风嘶鸣着
声音在旷野里反复回响
梨树拼命直起腰
大风毫不留情，一次次
从梨树身上碾压过去
在大风的嘶鸣声中
我看见逆风逃亡的鸟
突然返回来，朝着顺风方向飞去

还没有成熟的梨子
像生怕失去母亲的孩子
在剧烈的摇晃中
期待着大风精疲力竭

大风终于消失

梨树直起了腰，这时候

两只同林鸟

一前一后飞回到了梨树上

梁子上的石头群

这里的石头，一眼看去
像一群散兵游勇
有的匍匐前进
有的点头哈腰
有的沉着冷静
但它们，个个精神饱满
尽管，沧桑依稀可见
姿势却活灵活现

我落座在它们中间
静静感受它们的传说

开始，一只鸟在风声里啼唱
而后，两只鸟在风声里啼唱
后来，一群鸟在风声里啼唱
恍惚间，我融化在
群鸟的啼唱里
我仿佛长上了薄如蝉翼的翅膀
每个石头，都在向我诉说

诉说生命的寂寞
诉说梦想的辉煌

我觉得，做个石头
应该是我最好宿命